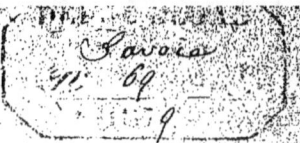

LE BANNI

PAR

Mme **Louise L.**

CHAMBÉRY

IMPRIMERIE CHATELAIN, SUCCESSEUR DE F. PUTHOD

4, AVENUE DU CHAMP-DE-MARS, 4

—

1879

LE BANNI

PAR

Mme Louise L.

CHAMBÉRY

IMPRIMERIE CHATELAIN, SUCCESSEUR DE F. PUTHOD

4, AVENUE DU CHAMP-DE-MARS, 4

—

1879

Camden-Place (Chislehurst.
1er juillet 1877.

MADAME,

Les poésies dont vous êtes l'auteur, et que vous avez fait parvenir au Prince Impérial, lui ont fait grand plaisir. Son Altesse Impériale connaît les sentiments qui vous animent et qui vous ont inspirée dans votre ode à la statue de Napoléon. Aussi l'hommage que vous lui en avez fait, lui a été agréable, et elle me charge de vous transmettre tous ses remerciments.

Veuillez agréer, Madame, l'assurance de mes sentiments les plus distingués.

F. PIÉTRI.

LA STATUE

FRAGMENTS

———

... Qu'ils disent, te voyant renaitre,
« Ce n'est plus qu'un tronc desséché. »
Mais le jour n'est pas loin peut-être,...
Qu'en sortira le fruit caché !

Alors du haut de ta colonne,
Grand soldat, au front couronné,
Comme autrefois, ton œil rayonne,
Il jaillit sur ton dernier né !...

Et les lieux en frémiront d'aise...
Quand de la plaine au vert coteau,
L'oiseau par un chant d'allégresse
Annoncera — ce jour si beau !...

Sera-ce l'aigle altier, à la vaste envergure,
    Où s'engouffre le vent,
Et dont le vol hardi effrayait la nature,
    L'oiseau du conquérant?

Non, non, serait plutôt la douce messagère
    Des horizons d'azur,
Qui niche sous nos toits, que montre la grand'mère
    A l'enfant à l'œil pur.

Oh ! qui l'eût cru ce jour, lorsque roulant à terre,
Reparaîtrait encor la noble face austère,
Debout, debout, sur son socle d'airain !
Si l'ombre et le malheur troublèrent son étoile,
Il la voit de plus près maintenant et sans voile.
    Comme l'aube d'un beau matin.

Te revoilà debout, grandiose figure !
Es-tu de l'avenir le bienfaisant augure?
Viens-tu pour remuer les mondes affaissés?
Repose-toi, guerrier, et laisse à ta mémoire
Ce monument fameux — d'impérissable gloire.
L'Éternel te l'a dit : « Arrête ; » c'est assez !...

Reste calme et sereine à ton faîte sublime,

Vers lequel se tendra toute âme magnanime,

    Pour s'inspirer à ta haute leçon !

Et tel on te verra traverser tous les âges ;

Déjà l'Eternité t'en a donné les gages

    En consacrant ton nom !...

LE BANNI

ÉLÉGIES

CHANT PREMIER

LE VOLONTAIRE

REFLETS LOINTAINS

I

Au fond des mers du Sud, sur la plage rêveuse,
    Dans les radieux horizons,
S'avance l'héritier d'une gloire fameuse,
    Sous l'astre des Napoléons !

Il est à peine, hélas ! au printemps de la vie...
Le malheur attrista son splendide berceau !
Être banni du ciel de la mère-patrie,
Et vu fuir l'avenir — qui s'annonçait si beau !...

Voir, en un coup de main, briser ses destinées !
Sentir frémir en soi — la révolte du cœur !
Sans cesse refouler la noble et sainte ardeur,
— « Que n'attend pas toujours le nombre des années. »

Oh !... c'est là ce tourment qu'endurait Prométhée,
Lorsque le noir Vautour lui dévorait le sein !
Qui, toujours renaissant sous sa serre acharnée,
Rebondissait de vie et d'effort... mais en vain !...

.   .   .   .

Étoile du Héros ! rejaillis de ces ombres
Où tu t'ensevelis dans les funestes jours....
Viens dilater nos yeux couverts de voiles sombres ;
Viens relever nos cœurs qui t'attendent toujours !....
Reviens guider la barque où les flots nous entraînent
Vers ce gouffre fatal que le mal fit surgir ;
      Et pour n'y pas périr....
Que tes larges rayons vers le port nous ramènent !

II

Sur ce front qu'il tient haut, où plane l'Espérance,
On voit se réfléchir la ferme confiance

En ses destins futurs.

Mais il veut, avant tout, l'Enfant de la promesse,
Se mêler à la lutte, afin qu'on reconnaisse

Qu'en lui — les fruits sont mûrs.

Sous la tente hospitalière

Du grand peuple ami du malheur,
Dans le sublime élan d'une âme noble et fière,
Il court.... en partager les périls et l'honneur!

C'est là que l'attend le Sauvage ;
Là, que, sans lien, sans entrave,
Son mâle et généreux courage
Va donner son premier effort !
Qu'au milieu de la barbarie,
Et loin d'une mère chérie,
Qui pour son Fils attend.... et prie....
Il veut — la victoire.... ou la mort!

III

Veille, oh ! veille sur Lui ! astre de l'Espérance !
Étoile du matin !

Qu'un jour, le Rejeton sur sa terre de France,
Pose un pied souverain !

Car, sur le Cap de la Tempête,
Comme au golfe d'Ajaccio,
Celui qui veille sur sa tête,
Révèlera — *l'homme nouveau !*

Alors des rives parfumées,
Et de ces plages « tant aimées »
S'exhalera le cri du cœur :
Salut ! au Soldat-Empereur !...

Et la jeunesse, dans la plaine,
En rondant et formant la chaîne,
Et la fanfare aux joyeux sons,
Tout redira dans les chansons :
— Honneur à celui que ramène,
L'Étoile des NAPOLÉONS !

Avril 1879.

LE RAMEAU BRISÉ

CHANT SECOND

I

Il était jeune et fort, le Rameau d'espérance!...
Ses fleurs nous promettaient le calme et les beaux jours.
Mais l'appui qui devait soutenir notre France,
    Est rompu pour toujours!...

O Rameau! hier encor, charme de la nature!
Ton beau port élancé s'élevant vers le ciel ;
Les juvénils parfums de la fraîche verdure....
Tout est frappé.... hélas! — pour nous plus de soleil!

Le ciel a ses secrets. — La terre était peu digne
De voir croître, en son sein, la plante chère à Dieu,
A son premier essor, ce fut le *chant du cygne*,
Qui célèbre sa fin dans son suave adieu!...

. . . .

II

Le jeune arbre est tombé sur la plage lointaine,
Non loin du saule épique — au sombre souvenir !...
Et le dernier anneau de la brillante chaîne
    Y vint aussi mourir !...

Est-il mort?... Oh! mais non! Il n'est mort pour personne!
L'enfant a sa légende ainsi que le *guerrier*,
Et la postérité lui doit une couronne
    De roses, de laurier!

III

Il partit plein d'amour, hélas! loin de sa mère.
Il s'arracha sans pleurs à ce sein anxieux....
Peut-être un tendre espoir.... une image trop chère,
Soutenaient-ils son âme à ces *derniers* adieux !...

Il tomba massacré par la horde sauvage !
Pourquoi *lui*, non un autre?... Oh! ne demandons pas?...
A ses amis du moins, il lègue l'héritage
    De son sanglant trépas !

. . . .

Il n'est plus !.... Mais toujours doit *survivre sa cause*.
Il faut que sur l'airain soit consacré le nom
Du brave adolescent, qui maintenant repose,
     Au sein de la fière Albion !

IV

Non ! ne le pleurons plus !.... L'auréole des anges
Lui sied mieux aujourd'hui que le lourd bandeau d'or.
Eh ! qui sait, si plus tard, la poudre de nos fanges
N'aurait point altéré ce regard pur encor?

Qui sait, si l'avenir, surchargé de mystère,
N'eût pas comprimé trop ce jeune front ardent ;
Si les réalités de notre pauvre terre
N'eussent lésé trop tôt ce noble cœur aimant?...

A l'abri, désormais, des vents et des orages,
Ses yeux rouverts au jour voient le divin soleil !
Oh ! laisse, laisse à nous, les menaçants nuages,
Et reste dans l'azur, les splendeurs de ton ciel !...

Nous aimons mieux te voir rayonner dans ces mondes,
Dégagés pour toujours de nos impuretés,

D'où nous viendra la vie en ses flammes fécondes,
Pour nous retrouver tous aux célestes clartés !...

Vous étiez jeune et fort, ô Rameau d'espérance !
Vos fleurs nous promettaient le calme et les beaux jours.

Oui ! dans le cœur ému de la fidèle France,
Votre nom règnera toujours !...

Requiem in pace.

Juin 1879.

3464. — Chambéry, imprimerie Chatelain, 4, avenue du Champ-de-Mars.